AF363699

MÉDAILLES D'HONNEUR

décernées à la Maison FORESTIÉ

POUR IMPRESSIONS TYPOGRAPHIQUES

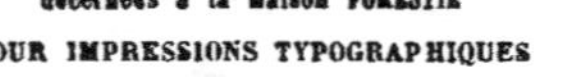
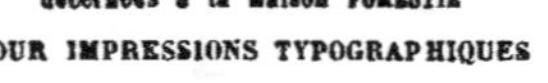
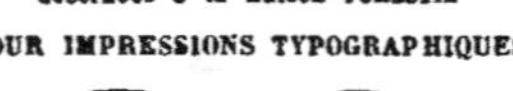

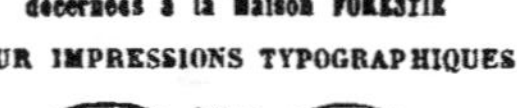
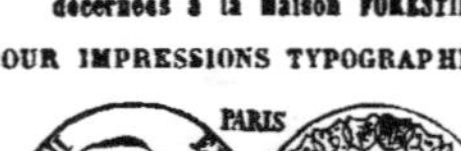
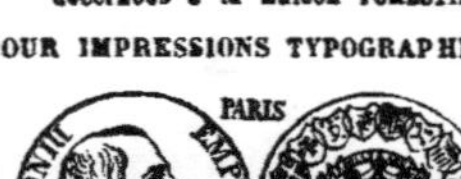

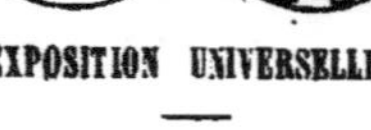

EXPOSITION UNIVERSELLE

—

SEULE MÉDAILLE DÉCERNÉE

EN IMPRIMERIE

pour tout le Midi de la France

IMPRIMERIE & LIBRAIRIE CENTRALES DES CHEMINS DE FER

(ancienne Maison FORESTIÉ PÈRE & FILS)

Montauban, 9, Place Impériale

CHARLES FORESTIÉ FILS

IMPRIMEUR

IMPRESSIONS EN TOUS GENRES

RÉGLURE

EUG. DELONCLE

LIBRAIRE

Successeur

DE

Forestié Père et Fils

4me Série

RÊVERIES

POÉTIQUES

D'UN

PAR LARROQUE-RUELLE

de Bio, près Montauban

MONTAUBAN

Imprimerie Centrale des Chemins de Fer

CHARLES FORESTIÉ FILS

Place Impériale

MA PRUMIÈRO BIDO

Oh! qu'un triste discours en parlen de ma bido!
Ba me cal recita tandis que l'eï finido;
Lou rebès m'a trahit, m'a counduit al malhur,
Et sans abe sejour per gousta lou bounhur,
Souï passat, repassat per de rudos esprobos;
Mais lou jalous de io se rijo de mas obros;
Quand me bejoï pla bas me boulioï releba,
Et dins lou desespouer tournabi lèou toumba.
Blamabi lou destèn en touto circounstenço,
Quand bejoï plus d'espouèr cridabi l'esperenço,
La pregabi tabes de beni per renfort,
Mais jamaï begno pas per adoúci moun sort;
L'adbersitat begno per me cerqua disputo :
A la fi del proujet fourèguen dins la lutto;
Me brandissio soubent, tapla me feq toumba.
Abioï perdut espouer de plus me releba,
Manquabi per la fouè, n'abioï pas d'esperenço!
Al Mèstre del Destèn cal abe counfienço!

Abèn un tens per tout, per poude reflechi,
Aprèp abe bisquat se cal be rejoui,
Surtout quand commençan uno segoundo bido

Que bous semblo dejà que pares pus poulido.
Repreni grand espouèr dins moun humilitat,
Eri dins lou néant, Dious m'a ressuscitat.

La bobo ba mouri quand bastis soun coucou,
De cedo, so pus bèl, se n'es entournejado,
Mais la besès aprèp qu'es lèou ressuscitado :
Repren dins qualque joun sa noubèlo bigou,
Se met en parpaillol, torno fa d'aoutros bobos.-

Messius, besèn que Dious es puissent dins sas obros.

M'èri trop estroupat d'un coucou de malhur,
Mais souï rebiscoulat dins un pichou bounhur.
Hélas que ne sara de ma segoundo bido !
Podi pas ne jucha tandis qu'es pas finido,
Aourè lou tens trop court, aco's moun grand regret,
La mort bendra trop lèou per destrui moun proujet.
Souï simple labourur habitant de campagno,
Jamaï pouïrè basti de castels en Espagno,
Pus tard m'en tournarè per cultiba mous cans,
Trop hurous se sabioï fa rejoui lous grans !

BIBO LOUS PAÏSANS

L'estructiou nous fa pla besoun,
Lou païsan a trop d'ignourenço,
N'a pas prouno de couneïssenço,
Car fa de faoutos cado joun.

Latono ba nous a proubat :
En fugen se troubabo lasso,
A de païsans demando grâço,
Mais jamaï n'an pas escoutat.

Boulio pla se desaltèra,
D'aïgo touchoun lour demandabo,
De maï en maï tant lous pregabo,
L'estang des jouncs fan treboula.

En graouilhes lous fasquèq cambia,
Per lous puni de l'insoulenço ;
La groussièretat d'ignourenço
Tantos de faoutos caousara !

Lou qu'es estruit a soun bounhur,
S'es prou patient dins sas esprobos,
S'aïmo de fa de bounos obros,
S'es resignat dins lou malhur.

S'es pas estruit es lèou destruit ;
L'afflictiou touchoun lou desolo,
Surtout se digus lou counsolo,
Alabets creï pla qu'es maoudit.

Maoudis soun Dious lou Creatou,
Manquo d'abe sa counfienço,
N'a pas de fouè ni d'espérenço,
Ni de boùn sens, ni de rasou.

Manquan per ço pus principal :
N'abèn pas prou d'intelligenço,
La Soucietat n'es en souffrenço ;
D'aqui ben lou mal general.

Remercien lous Goubernoments
Qu'an detestado l'ignourenço ;
An proutechado la scienço,
Encourachoun pla lous sabents.

D'institutous n'abèn per tout,
Dins las bilos, dins las campagnos,
L'estructiou ba sur las montagnos,
Lous pastres s'estruiran sur tout.

Lous coullèches an proufessous,
De sabents en litteraturo,
Per legi, soit per l'escrituro,
D'aprèp lous pus fortis aoutoùs.

Abèn de grands predicatous,
Nous prêchoun la sajo mouralo,
Persistoun countro l'escandalo ;
Res de pus bèl que lous sermous.

A l'abeni tout cambiara,
Iaoura pla maï de moudestïo,
Un grand accord dins l'harmounïo :
Lou pople se rejouira.

Lous cultibatous, lous oubriès,
En fasquen pla l'agricultnro,
Embelissoun la richo naturo,
Dins lous cans besès lous bouiès.

Cerès beïra de bèlis blats,
Triptolèmo bèlo culturo
Que nous fournis la nouïrituro ;
Ne saïon toutis estounats.

Pan beïo bergès et troupèls,
Priapo, jardis à l'Angleso,
Pomono, de fruits en Franceso,
Floro, de flous et de ramèls.

Latono dins l'estang beouio,
Sa set saïo desalterado,
L'aïgo saïo pas treboulado,
Et lous païsans recambiaïo.

Virgilo se rejouira,
L'escriban de l'agriculturo,
Benira la sajo naturo,
Quand beïra soun art prouspera.

A l'abeni beïren lous grands,
Estounats de l'intelligenço,
Banira pertout l'ignourenço,
Diran : Oui, bibo lous païsans !

BIBO LA NOBIO

Lou galant, dins lou mes Maï,
Pren sous amits per soun escorto,
A la bello, dabans sa porto,
Ba fa l'haounou del pus bel maï.

Lou joun de la noço pares,
Que besès las taoulos en renguo
Per que cadun soun plase prenguo ;
Besès tout lon mounde pla mes.

Lou cousignè fa coumo bol,

Fricots, bullits, poulos farcidos,
Bèlis gigots, peços roustidos,
La soupo bul dins lou payrol.

De bèlis plats en quantitat
Que besès pourta sur la taoulo,
Aqui cadun pren la paraoulo,
De se beïre tapla tratat.

De bi de touto qualitat,
De liquous lou nobi n'emboyo,
Lou cop del mech lous met en joyo,
Trinquoun soubent à sa santat.

Lous serbitials de lours ramèls
En bellos flous d'immourtellos,
Ne flocoun las fillos tant bellos,
Ne donoun as joubes et bièls.

La musiquo loús fa dansa,
Surtout quand lou bi lous segoundo,
Fan qualquecop la danso roundo,
Acos lous fa debigoussa.

Lous bièls d'abord boloun jouga,
Se saboun pla fa la partido;
Acos fa la festo poulido,
Quand gnin a que saboun canta.

Lou lendouma fan lou rampan,
Laouriès, ribans, pèços roustidos,
Siè la nobio taoulos garnidos;
Sitos dinnat d'abord s'en ban.

Las noços, la joi des païsans,
Soun de pèços de coumedïo,
Nostris suchèts de tragedïo
Que poudèn jouga dins lous cans.

BIBO LAS DAMOS

Las Fennos an pichou renoun;
Sabén be que nous soun utillos,
Surtout quan las besès habillos :
Ignouren pas lour grand besoun.

Un oustal qu'es entretengut,
Quand dintras besès que tout brillo,
Besès tabès que la familllo
Presentou d'abord lou salut.

Se l'Home mor tout lou prumiè,

Sa Fenno, d'abord abeouzado,
D'un cop qu'es un paouq counsoulado,
Dira pus tar : « Tapla farè!... »

S'es la Damo d'un negouciant,
Countumiara be sas amplètos,
Sous pagoments et sas recètos,
Amaï serbira soun marchant.

Un boun coumis y suffira
Per gnin teni sas escrituros,
Lous ports de lettros et boituros;
Toutis sous countes reglara.

Quand es la beouzo d'un païsan,
Ambe d'oubriès fa sas arados,
Sas recoltos soun amassados,
Et sous graniès se garniran.

Las Fennos que surbeillaran
Dins lous chantiès de l'industrïo,
Que lours affas an d'harmounïo,
A l'abeni prousperaran.

Las beouzos an un proutectou;
Se del boun Dious an counfienço,
Lour bouno fouè, lour esperenço
Aouran touchoun qualquo fabou.

L'Home beouze se beï destruit ;
Se cal que fasque la cousino,
Lou besès que fa tristo mino :
Fa coïre d'ioous et de coufit.

Fara mal s'es pas cousignè ;
Se cal que mounte la padeno
Ou de pouèlouns, es uno peno,
Dira soubent : M'en passarè !

Que debendran lous maïnachous,
Pla mal souègnats dins lour junesso,
Mal penchenats per la paresso !...
Touchoun qualqu'un sara peouillous.

Lou beouze, tout espelufit,
Sounjo de fa qualquo mestresso,
Per gnin counta sa maladresso,
Densins que finis soun coufit.

Parlo lèou de se marida,
Pel besoun d'uno cousignèro,
Amaï de bouno menagèro :
La fillo s'en ba demanda.

L'Home tout soul es malhurous,
Sans lous plases n'es pas hurous ;
Per nous counsoula dins las penos,
Diguen touchoun : Bibo las Fennos !

BIBO LOU RESPÈT

A L'HAOUNOU

L'estructiou bol pla de respèt;
Lou qu'es estruit dins sa junesso,
Qu'es arribat dins sa bieillesso,
Couneïs ço qu'es lou grand proujèt.

D'homes que soun pla debouats
S'en ban per estrui lous barbaros;
Ambe lours bidos tant bizarros,
Touchoun se besoun espaousats.

Ambe lou tens, tout l'unibers,
Jusquos sur las naoutos mountagnos,
Las bilos amaï las campagnos,
Et lous pastres dins lous deserts.

Beïren l'artisan et l'oubriè
Perfectiouna lour industrïo;
Pertout iaoura pla d'harmounïo!
Cadun soun talant, soun mestiè.

Pertout lou pople s'estruira;
Lou grand calel de la scienço

Esclaïrara dins l'ignourenço;
Lou mounde se respectara.

Lou pople pla cibilisat
Fara respecta sa puissenço,
Car l'on beï que l'intelligenço
Nous dono la securitat.

Lous grands en cour fan respecta
Las louès que règloun la justiço;
S'agis pas d'abe de maliço;
Boulountiers se cal counfourma.

Lou respèt es un noun tant bèl
Pel que se counduis en sagesso;
La terro dono la largesso,
Quand l'haounou distinguo lou bièl.

Dins tout reng se trobo l'haounou;
L'haounou relèbo l'indigenço,
Jusquos al grand dins l'oupulenço,
Pel boun sens et per la rasou.

Sachen rebera la grandou;
Cal fa brilla l'intelligenço!
Messius, respecten la puissenço,
Et cal crida : Bibo l'haounou!

⋘ FIN ⋙